Ma

Une maison
dans la baleine

Illustrations
de Philippe Germain

la courte échelle

Les éditions de la courte échelle inc.

Les éditions de la courte échelle inc.
5243, boul. Saint-Laurent
Montréal (Québec) H2T 1S4

Conception graphique:
Derome design inc.

Révision des textes:
Lise Duquette

Dépôt légal, 2e trimestre 1995
Bibliothèque nationale du Québec

Données de catalogage avant publication (Canada)

Hébert, Marie-Francine

   Une maison dans la baleine

   (Premier Roman; PR42)

   ISBN: 2-89021-240-8

   I. Germain, Philippe.   II. Titre.   III. Collection.

PS8565.E2M34 1995   jC843'.54   C95-940112-1
PS9565.E2M34 1995
PZ23.H42M34 1995

Marie-Francine Hébert

Marie-Francine Hébert ne peut pas se passer d'écrire pour les enfants. Parce que, comme eux, elle aime les becs, les folies, l'exercice physique, les petits oiseaux, les questions, les histoires à dormir debout, la crème glacée et a encore bien des choses à apprendre, comme ne plus avoir peur dans le noir. Depuis une quinzaine d'années, elle partage son temps entre la télévision, le théâtre (*Oui ou non*, entre autres) et la littérature.

Pour les best-sellers *Venir au monde* et *Vive mon corps!*, traduits en plusieurs langues, Marie-Francine Hébert a reçu de nombreux prix, dont des prix d'excellence de l'Association des consommateurs du Québec et le prix Alvine-Bélisle. Certains romans de la série Méli Mélo ont été traduits en plusieurs langues, dont l'anglais, l'espagnol et le grec. Elle a remporté le prix du Club de la Livromagie 1989-1990 pour *Un monstre dans les céréales* et le prix du Club de la Livromanie 1991-1992 pour *Je t'aime, je te hais...* En 1994, elle a reçu la médaille de la Culture française, remise par l'Association de la Renaissance française, ainsi que le prix interculturel Montréal en harmonie.

Une maison dans la baleine est son dixième roman.

Philippe Germain

À dix ans, Philippe Germain adorait sculpter, peindre et étendre de la couleur. Il fait maintenant, entre autres choses, des illustrations de manuels scolaires et de livres pour les jeunes.

Dans un style efficace et dynamique, il pose sur la réalité un regard coloré, spontané et toujours plein d'humour.

Quand il ne dessine pas, il prend un plaisir fou à récupérer, à démonter et à retaper les juke-boxes et autres objets des années 50 qu'il collectionne.

Une maison dans la baleine est le septième roman qu'il illustre à la courte échelle.

De la même auteure, à la courte échelle

Collection livres-jeux
Venir au monde
Vive mon corps!

Collection albums
Le voyage de la vie
Venir au monde
Vive mon corps!

Collection Premier Roman
Série Méli Mélo:
Un monstre dans les céréales
Un blouson dans la peau
Une tempête dans un verre d'eau
Une sorcière dans la soupe
Un fantôme dans le miroir
Un crocodile dans la baignoire

Collection Roman+
Le coeur en bataille
Je t'aime, je te hais...
Sauve qui peut l'amour

Marie-Francine Hébert

Une maison dans la baleine

Illustrations
de Philippe Germain

la courte échelle

1
Point final

Tu ne peux pas imaginer ce que mon grand-père a fait. Le menteur, le traître, le sans-coeur!

Il est parti, figure-toi. Sans m'avertir. Sans laisser d'adresse. Ni numéro de téléphone. Rien. Sans se soucier de moi, comme si j'étais un vieux trognon de pomme. Moi, sa Méli chérie, sa pitchounette, son supposé rayon de soleil.

On ne se voyait pas souvent parce qu'il habitait loin au bord de la mer. Mais chaque fois qu'on lui rendait visite, c'était la fête.

Il avait l'air tellement content de nous voir, mes parents, mon petit frère Mimi et moi. Surtout moi. Il me serrait dans ses bras en murmurant:

— Comme tu m'as manqué, ma petite Méli chérie.

Tout le monde disait qu'on était comme les deux doigts d'une main, lui et moi.

On pouvait passer des heures ensemble sur la plage. On regardait le ciel dessiner de jolis nuages blancs. On imaginait la vie qu'on aurait si on était des mouettes. On donnait des noms aux vagues. On s'inventait toutes sortes de jeux.

Mais ce que j'aimais le plus, c'était aller voir le lever du soleil avec lui. Personne d'autre n'avait le courage de sortir du lit si tôt. Et grand-papa en profitait pour me dire que c'était moi son plus beau rayon de soleil.

J'avais tellement confiance en lui! Il m'avait même convaincue

d'apprendre à nager sans flotteurs. Il m'encourageait en disant:

— Laisse-toi porter par la vague. N'aie pas peur, ma pitchounette, je reste à tes côtés.

Ça ne l'a pas empêché de me planter là. Je serais allée au bout du monde avec lui. C'est justement là qu'il est parti. Sans moi,

évidemment.

Quand je pense que je suis obligée de passer la nuit dans son ancienne maison. Demain, mes parents doivent remettre les clés aux nouveaux propriétaires. En tout cas!

Après le repas, toute la famille décide d'aller faire un tour sur la plage. Il paraît qu'il faut en profiter, parce que, ce soir, il y a de l'orage dans l'air. C'est dans mon coeur que l'orage risque d'éclater.

Je préfère m'enfermer dans la chambre où je dors d'habitude. Il n'est pas question que je remette l'ombre d'un petit orteil sur sa plage!

J'entends papa dire:

— Méli n'a pas versé une seule larme. Je croyais pourtant

qu'ils s'adoraient, ces deux-là...

Maman ajoute:

— Elle est peut-être trop jeune pour vraiment saisir ce qui se passe...

Au contraire, je saisis très bien que j'ai été trahie.

Et je ne verserai pas une seule larme pour un sans-coeur pareil. Plus vite je pourrai l'oublier, mieux ce sera. Point final!

Alors, je me couche tout habillée dans le lit ridicule qu'il a fait de ses mains. Un lit-bateau, tu te rends compte!

Je rabats les couvertures sur ma tête. Sans jeter le moindre regard par la porte-fenêtre. Il l'a construite exprès pour que j'aie l'impression de voguer sur la mer. Je la déteste, sa mer, et toutes les mers du monde entier, si tu veux savoir!

Soudain, j'entends un bruit. C'est lui! Grand-papa est revenu! Je le reconnais à sa façon de frapper à la porte. Je suis folle de joie!

Il me semblait bien aussi qu'il ne pouvait pas m'avoir abandonnée. On s'aime trop tous les deux.

Oh! avant que j'oublie: ne crois pas un mot du mal que j'ai dit à son sujet. C'est la colère qui me faisait parler ainsi. En tout cas!

Je sors vite la tête de dessous les couvertures en criant:

— Grand-papi! Tu es revenu...

Ce n'est que mon petit frère de cinq ans, Mimi. Imagine ma déception!

— Grand-papa ne peut pas
être revenu, Méli. Ça fait des
semaines qu'il est mort.

Je ne veux rien entendre:

— Ce n'est pas vrai! Tu n'as
pas le droit de dire ça, Mimi
Mélo! Et fiche le camp d'ici!

Point final.

— C'est la vie! Maman l'a dit, Méli! Grand-papa est mort. Point final.

Avant de sortir, Mimi tient à me remettre quelque chose. Un souvenir, il paraît. Je me recroqueville sous les couvertures. Je n'en veux pas de souvenir. C'est mon grand-papi en chair et en os que je veux.

Je ferme les yeux et je pense fort, fort à lui. Comme si ça pouvait le faire revenir. Je m'aperçois alors que je n'arrive même plus à me représenter son visage. Je ne vois qu'un rond noir à sa place. Un gros point final.

Et il se met à pleuvoir dehors. Comme dans mon coeur.

2
Le bateau de mon coeur

Je ne peux pas m'empêcher de répéter:

— Il est mort, grand-papi est mort. Il est mort, grand-papi est mort.

Je ne le reverrai jamais! Je le sais dans ma tête, c'est mon coeur qui n'arrive pas à y croire.

Je suis incapable de retenir mes larmes plus longtemps. C'est la peine amassée en moi qui déborde. Exactement comme une source dans la montagne. L'eau s'accumule à un endroit sous la terre et, un bon jour, elle jaillit à la surface.

C'est grand-papa qui me l'a expliqué lors de notre dernière escalade.

J'étais fatiguée d'avoir grimpé si haut. Alors, pour redescendre, grand-papa m'a assise à califourchon sur ses épaules.

Tu sais à quoi j'ai pensé en plaçant mes mains de chaque côté de sa tête? À la chance que j'avais de connaître une si vieille personne.

Toutes les connaissances qu'il y a dans une tête comme celle-là! Tu te rends compte? Je tenais entre mes mains un trésor plus précieux que le plus précieux des livres!

Plus jamais grand-papi n'ouvrira pour moi le grand livre de sa vie. Plus jamais!

Les sources de larmes se trans-
forment en rivières. Je savais
bien que si je commençais à
pleurer, je ne pourrais plus m'ar-
rêter.

Chaque fois que j'avais de la peine, grand-papa sortait son mouchoir de la poche de son pantalon. Un grand mouchoir à carreaux rouges et blancs. Il ne trouvait jamais que c'était de l'enfantillage. Même quand je pleurais pour une écorchure de rien du tout.

On enveloppait mon mini-chagrin dans son grand mou-

choir, et on soufflait dessus: pffff! Mon chagrin s'envolait, comme par magie. Comme par amour, disait grand-papi.

Quand il s'agissait d'un maxi-chagrin, c'est moi tout entière que grand-papa enveloppait dans ses bras. Et il essuyait mes larmes avec son mouchoir en murmurant:

— Ça va aller, ma pitchou-nette. C'est un orage de la vie. Ce n'est pas la fin du monde. Tous les orages finissent par passer. Même les plus gros.

Je restais appuyée contre sa poitrine en attendant que le beau temps revienne. Souvent, sans dire un mot. Parfois, en suçant mon pouce. Il ne disait jamais: «C'est mauvais pour les dents.» Il comprenait qu'il y a des moments où on ne peut pas faire autrement.

Il comprenait tout, grand-papi.

Je me laissais bercer au rythme de sa respiration. Apaisante comme un vent léger et chaud. Jusqu'à ce que le bateau de mon coeur flotte à nouveau dans l'eau calme de la vie.

Or, je n'ai jamais eu autant de peine. Et grand-papa n'est pas là pour me consoler. Il ne sera plus jamais là. Il ne pourra plus jamais me demander avec un arc-en-ciel dans la voix:

— Alors le beau temps est revenu, ma grande? Qu'est-ce que tu dirais d'une bonne brioche à la cannelle pour fêter ça?

As-tu déjà vu une rivière débouler une pente raide? Devenir

un torrent?

Eh bien! c'est exactement ce qui m'arrive. De gros sanglots soulèvent ma poitrine, et des torrents de larmes jaillissent de mes yeux.

Je n'entendrai jamais plus son rire au téléphone. Il ne m'écrira jamais plus à la fin de ses lettres: *de ton grand-papi qui t'aime et qui pense à toi et qui a si hâte de te revoir. Tourlou!* Il ne m'écrira jamais plus. Point final.

Qu'est-ce que je vais faire sans lui?

Ce ne sont pas des rivières qui inondent mon visage. C'est un fleuve! Si ça continue, je ne serai plus qu'un minuscule bateau perdu dans un océan de larmes.

Grand-papi l'a dit: tous les fleuves se jettent dans la mer. La mer qui s'étend à perte de vue et ne semble pas avoir de fin. Comme ma peine. En tout cas!

Je ne croyais pas si bien dire... Il me semble, en effet, que mon lit ballotte... Je sors la tête de dessous les couvertures, et devine ce que je découvre.

3
Un océan de larmes

Non seulement mon visage est inondé, mais le plancher de la chambre aussi. Je n'aurais jamais cru qu'une petite fille comme moi pouvait contenir autant de larmes.

Mon lit flotte à la surface. Tu te rends compte! Il y a même du courant. On dirait un fleuve. Un fleuve qui essaie d'enfoncer la porte-fenêtre pour se jeter dans la mer. Je vais finir par me noyer dans mes larmes, moi...

Voyons donc! Ça ne tient pas debout! Quand on parle d'un

ruisseau, d'un fleuve ou d'un
océan de larmes, on parle par
comparaison. Pour frapper
l'imagination.

Quand on dit qu'une personne va se noyer dans ses larmes,
c'est pour montrer qu'elle pleu-
re beaucoup. Tellement que, si
on pouvait réunir ses larmes,
elle en aurait assez pour se noyer

dedans. C'est seulement une façon de parler, n'est-ce pas?

Ma question reste sans répon-
se, car la porte-fenêtre s'ouvre
brusquement. Et, crois-le ou non,
je suis entraînée avec mon lit
jusqu'à la mer. La vraie mer!

Vite, j'attache les couvertures
au pied et à la tête du lit pour
qu'elles ne s'envolent pas. Le
vent les gonfle aussitôt et em-
mène mon lit-bateau-à-voile au
loin... De plus en plus loin...
Tellement loin que je ne sais plus
où je suis.

Au-dessus de moi, les nuages
me lancent de grosses poignées
de pluie froide et glacée. Autour
de moi, la mer s'impatiente et
s'enfarge dans ses vagues. Elle
se fout complètement que je
verse ou non.

Je m'aplatis contre le matelas. Que puis-je faire d'autre? Je ne sais rien faire d'autre.

Un jour, grand-papa et moi, nous étions allés nous prome-

ner en bateau. Le ciel était bleu, bleu. Le temps était si clair que nous avons même aperçu une baleine. En tout cas!

Très vite, le vent s'est levé. Il n'était pas de bonne humeur, je t'assure. Il s'est mis à barbouiller le ciel de gros nuages noirs. À brasser l'eau de la mer dans tous les sens. Jusqu'à ce qu'elle soit enragée noire, elle aussi.

On aurait juré que le vent n'avait qu'un désir: renverser notre bateau. Un vrai fou!

Je n'ai jamais eu aussi peur de toute ma vie. Grand-papa non plus. Surtout lorsqu'un paquet de mer s'est abattu sur moi et a failli m'emporter. Si grand-papi ne m'avait pas rattrapée, je ne serais plus là pour te le raconter.

— Cramponne-toi, ma grande. Ce vent de malheur n'aura pas le dernier mot. C'est moi qui te le dis!

Accroupie dans le cockpit, je regardais grand-papa tenir le gouvernail. Si tu l'avais vu résister au vent, jouer à la cachette avec les vagues. Ça paraissait qu'il avait affronté bien des orages dans sa vie. Il savait quoi faire, lui.

Je me disais: je veux être aussi courageuse que lui quand je serai grande. Mais il ne m'a pas donné le temps de l'apprendre.

Et me voilà perdue au beau milieu du premier gros orage de ma vie. Sans personne pour tenir le gouvernail. De toute manière, je n'ai pas de gouvernail, ni de gilet de sauvetage, ni de flotteurs, rien.

Tout ça par sa faute. Comment grand-papa a-t-il pu me faire une chose pareille? Je le déteste! Je l'aimais tellement. C'est bien pour ça que je lui en veux tant.

C'est alors qu'une grosse bataille entre l'amour et la haine éclate dans mon coeur. Aucun des deux ne veut laisser la place à l'autre. De vrais enragés!

Les nuages se mettent aussitôt à en faire autant. Comme si la nature voulait me montrer ce qui se passe en moi. Des dizaines d'éclairs déchirent le ciel. Suivis de gros bruits de tonnerre. Crrrak! Badaboum!

Il n'en faut pas plus pour que la mer se soulève. Elle fait le gros dos du chat qui se sent menacé. Juste en dessous de moi. Je suis bientôt perchée au sommet d'une vague géante. Plus haute que la plus haute montagne.

On jouait à ça avec mon grand-père quand j'étais petite. Il ne m'aurait pas laissée tomber de son dos pour tout l'or du monde. Alors que la vague le fait exprès.

Sans m'avertir, elle s'aplatit d'un coup. Et je revole d'un côté, et mon lit-bateau-à-voile de l'autre.

Je ne peux pas m'empêcher de crier:

— Au secours, grand-papi!

Comme si sa main pouvait à nouveau m'agripper et me tirer de là. C'est une idée complètement folle. Comment pourrait-il m'aider maintenant? Et qui pourrait m'entendre? Je vais me noyer, c'est sûr.

4
La fin du monde

À ma grande surprise, je ne m'enfonce pas dans la mer. J'atterris à plat ventre sur... je ne sais quoi.

Je crois d'abord que quelqu'un est venu à mon secours avec un matelas pneumatique. Mais je ne vois personne aux alentours. Et il ne s'agit pas d'un matelas pneumatique.

La surface est moelleuse et humide. Je sais que ça n'a pas de bon sens, mais on dirait une langue. Géante. C'est sûrement un tapis de mousse. Et je me trouve dans une grotte.

Je ne me suis jamais sentie aussi petite de toute ma vie. En tout cas!

À une extrémité, il y a une ouverture par laquelle je distingue la mer. Juste derrière une rangée de dents... je veux dire... une clôture.

À l'autre extrémité, j'aperçois un couloir ressemblant à une glissoire.

Soudain, je sens le sol remuer sous moi. Je me croirais dans le palais des horreurs d'un parc d'attractions. Ce n'est pas là que je me trouve. C'est évident. Ni dans une grotte.

Il ne reste qu'une explication possible. Même si elle paraît incroyable. Je me suis échouée sur la langue d'une bouche énorme. Et il n'y a qu'un animal marin assez gros pour avoir une telle bouche.

Je n'ai même pas le temps de prononcer son nom! Je tombe dans la glissoire de sa gorge.

Il s'agit d'une baleine. Une baleine à dents: probablement un cachalot! Et cette baleine a ouvert la bouche juste au moment où je passais par là. Et elle m'a avalée tout rond. Sans même s'en rendre compte.

Me voilà maintenant dans son ventre, plus précisément dans son estomac. C'est sombre et vide. Comme dans mon coeur. En tout cas!

Je sais ce que tu vas me dire. Que je devrais taper du pied et sauter, gigoter et courir dans tous les sens, donner des coups de

poing contre les murs et crier de toutes mes forces:

— You-hou! Madame la baleine! Vous m'avez avalée par erreur. Laissez-moi sortir d'ici! Je vous en prie!

Sortir d'ici? Pour quoi faire? Tu vas me répondre: pour rentrer à la maison et pouvoir jouer, lire, danser et rire comme tous les enfants.

Depuis la mort de mon grand-père, je n'ai plus envie de rien. Je suis trop triste. Sa mort n'est pas juste un orage dans ma vie, c'est la fin du monde.

Et puis rentrer à la maison? Quelle maison? Je n'ai plus qu'une maison: une maison dans la baleine.

Je préfère rester dans son ventre. Pour ne rien faire, justement.

Et me mettre en boule dans un coin.

C'est doux, doux. On dirait du velours. La température est idéale. C'est sûr, la baleine est un mammifère et elle a le sang chaud, comme les humains.

J'entends son coeur battre à un rythme régulier. Pompp! Pompp! J'entends le sang circuler dans ses veines et ses artères. Vvvvr! Probablement comme dans le ventre de ma maman, ma première maison.

J'ai la paix. Il n'y a pas de plage, pas de soleil. Rien. Et je peux sucer mon pouce tant que je veux. Maintenant, c'est ici ma maison. Ma dernière maison.

Au bout d'un moment, la baleine prend une grande inspiration et plonge la tête la première.

Je la sens descendre, descendre tout au fond de l'océan. J'en profite pour me laisser glisser, glisser dans le plus profond sommeil. Où je ne penserai plus à rien.

5
Mets-toi à ma place

Surprise! Tu ne devineras jamais à qui je rêve! À mon grand-père, figure-toi!

Je rêve que je dors pour la dernière fois dans son ancienne maison. Lorsqu'on frappe doucement à ma porte:

— Ma chérie, c'est grand-papi...

Je n'en crois pas mes oreilles:

— Grand-papi?! Ça ne peut pas être toi, tu es mort...

Il continue à chuchoter, comme si de rien n'était:

— C'est l'heure de te lever,

ma grande.

Comment grand-papa peut-il être mort et se trouver à ma porte en même temps? Je ne comprends plus rien, moi. Mets-toi à ma place.

Réfléchissons! Je souris, car il disait toujours ça quand il avait un problème.

Mais plus je réfléchis, moins je comprends. Parce que la mort est un mystère. Quelque chose qui n'entre pas dans la tête. Seulement dans le coeur. Mon grand-père me l'avait bien dit quand ma grand-mère est morte.

Je n'aurais jamais cru qu'il mourrait, lui aussi. En tout cas!

Alors, j'écoute mon coeur. Et tu sais ce qu'il me dit? Que même si grand-papi est mort dans la vraie vie, dans mon rêve, il est vivant. Autant en profiter.

Sans perdre une seconde, je me lève. J'ai si hâte de le revoir. Juste comme j'ouvre la porte, je me réveille. Ah! non!

Ce n'est pas étonnant, ma chambre est envahie par les calmars! Ai-je bien dit «calmars»?! C'est vrai! Je suis dans le ventre d'une baleine. Et elle est en train de prendre son repas.

La glissoire ne dérougit pas. Si tu voyais l'air que les calmars font quand ils m'aperçoivent.

Finalement, il y a un petit coquin qui grimpe sur mon épaule. Et il me dit tout haut ce que les autres pensent tout bas:

— Désolé de t'avoir réveillée. Mais veux-tu bien me dire ce qu'une petite fille comme toi fait ici? Les humains ne font pas partie du régime alimentaire de la baleine...

J'essaie de lui expliquer. À peu près tous les signes de ponctuation défilent dans ses yeux. Il n'en revient pas:

— Une maison dans la baleine!? Franchement! Tu veux rester ici? Si je trouvais le moyen de m'échapper, je n'hésiterais pas une seconde. Dehors, la vie continue, au cas où tu l'aurais oublié.

— Je suis incapable d'imaginer ma vie sans mon grand-père. C'était mon meilleur ami. Plus encore! Te rends-tu compte de la malchance que j'ai eue de le perdre?

Tu sais ce que le calmar me répond?

— Quelle chance tu as eue de connaître une personne aussi extraordinaire!

Le calmar reste là, les yeux brillants, dans l'espoir d'en savoir plus. Je ne me fais pas prier pour lui raconter mes plus beaux souvenirs.

Là, tout en parlant, je sens

une merveilleuse chaleur se répandre en moi. Même si grand-papa est mort, on dirait que son amour est encore vivant dans mon coeur.

— Comment t'expliquer, calmar... Son corps n'est plus là. Je ne peux pas lui toucher. Mais c'est comme si mon grand-père existait toujours. Autrement.

Le calmar me remet vite les pieds sur terre... dans la baleine... je veux dire.

— Si tu restes ici, Méli, tu seras vite digérée par la baleine, comme nous. Et tu ne pourras plus rêver à ton grand-papa, ni te rappeler de beaux souvenirs. Et tu ne pourras plus sentir son amour te réchauffer le coeur.

— C'est vrai ça, calmar...

— Qu'est-ce que ton grand-papa dirait s'il voyait sa Méli enfermée dans le ventre d'une baleine?

— Il ne comprenait pas qu'on reste dans la maison quand il faisait beau dehors. Il comprendrait encore moins que je n'essaie pas de sortir d'ici.

C'est vrai! Il aimait trop la vie pour ça. Je suis sûre qu'il ajouterait: «Dépêche-toi, ma grande, si tu ne veux pas rater le lever du soleil.»

Je me mets alors à crier de toutes mes forces:

— You-hou! Madame la baleine! Vous m'avez avalée par erreur. Laissez-moi sortir! Je vous en prie!

Mon cri n'a pas plus d'effet qu'une goutte d'eau dans la mer. Heureusement, les calmars viennent à ma rescousse!

Ils se prennent par leurs dizaines de bras pour former un bloc. Ils se mettent à taper du pied et à sauter, à gigoter et à bouger dans tous les sens, à donner des coups de poing contre les murs et à chanter à tue-tête:

— Méli, dans la baleine, disait: «Je voudrais bien m'en

aller.» Popoum! Popoum!

Ce n'est pas joli, ça sonne faux, mais c'est efficace.

Exaspérée, la baleine remonte bientôt à la surface et lance un grand soupir. J'imagine la fontaine de vapeur qui jaillit au-dessus de sa tête. C'est par là qu'elle respire. Puis, je l'entends crier:

— Ça suffit! J'ai compris!

Les calmars en profitent pour me donner une poussée. Si forte que je suis éjectée de l'estomac de la baleine... que je traverse sa bouche... au bout de laquelle j'aperçois la mer. Au secours!

6
À la vie, à la mort

J'ai juste le temps de me retenir à l'une des dents de la baleine. Sinon, je tomberais dans la mer. Plouf! Et ce serait la fin de mon histoire. En tout cas!

La baleine me parle en bougeant les lèvres avec précaution pour ne pas m'écraser:

— Allez, petite fille! Vas-y! Tu voulais tellement t'en aller! Tes copains me l'ont assez répété!

Il y a un copain qui ne se le fait pas dire deux fois. Figure-toi que le coquin de calmar est

resté agrippé au col de mon t-shirt! Et il en profite pour plonger dans la mer. Je crois l'entendre me dire: «Tourlou!» En tout cas!

Je jette un coup d'oeil autour de moi. L'orage est passé et le beau temps est revenu. Mais j'ignore de quel côté se trouve le rivage. La baleine accepte gentiment de s'en approcher. Aussitôt qu'il est en vue, elle s'arrête net:

— Je ne vais pas plus loin. Sinon, je risque de m'échouer.

— Je vous en prie, madame la baleine...

— C'est trop dangereux. Moi aussi, je veux vivre! Ne me dis pas que tu ne sais pas nager?!

— Je le sais. Mais je ne l'ai jamais fait sans que mon grand-père soit là, tout près.

Tu sais ce que la baleine me dit?

— C'est le moment ou jamais d'essayer! Allez, courage, mon enfant!

Je ne peux pas m'empêcher de demander conseil à grand-papa. Dans le secret de mon coeur, bien sûr. Il me répond, figure-toi. En secret, lui aussi.

— Laisse-toi porter par la vague, ma grande. N'aie pas peur, grand-papi est là.

Maintenant je comprends pourquoi, après la mort de grand-maman, mon grand-père disait sentir sa présence. Car, en ce moment, j'ai vraiment l'impression qu'il est à mes côtés. Et qu'il veille sur moi.

Crois-le ou non, je réussis à nager jusqu'au rivage. Je suis tellement fière de moi. Grand-papi l'est aussi, j'en suis sûre.

La mer est calme, calme. Dans le ciel, il n'y a pas un seul nuage. Une espèce de lumière gris-rose annonce le lever prochain du soleil.

C'est alors que j'entends la voix de ma mère derrière moi:

— Méli, qu'est-ce que tu fais debout si tôt? Je parie que tu es venue voir le soleil se lever. Tout le portrait de papa!

J'avais presque oublié que mon grand-père est aussi le père de maman. En tout cas!

Je vois de grosses larmes tomber des yeux de ma mère. Pas à la manière d'un torrent, ni d'une rivière, ni d'un fleuve. Plutôt comme un robinet qui ferme mal.

C'est ainsi depuis la mort de grand-papa. Chaque fois qu'on prononce son nom, le robinet se remet à couler.

Je ne sais pas quoi faire. Grand-papa le saurait, lui. Il sortirait son grand mouchoir. Je porte machinalement la main à la poche de mon pantalon. Et tu ne devineras jamais ce que j'y trouve!

Le mouchoir à carreaux rouges et blancs. C'était ça le souvenir! Mon petit frère Mimi l'a glissé dans ma poche. Sans que je m'en aperçoive!

Je m'approche de ma mère pour essayer de la consoler. Évidemment, le mouchoir est tout mouillé. Ainsi que la petite fille qui le tient. Ce qui ne tarde pas à inquiéter ma mère:

— Méli! Qu'est-ce qui t'est arrivé? Tu es trempée jusqu'aux os!

Je bafouille:

— Euh!... c'est à cause de l'océan de larmes... Grand-papa me manque tellement que...

Maman me prend dans ses bras. Heureusement, car je serais bien en peine de lui raconter la suite.

— Oh! Méli! Pourquoi ne m'en as-tu pas parlé plus tôt?

— Parce que je ne savais pas que j'avais autant de peine.

Chacune essaie de consoler l'autre du mieux qu'elle peut.

Mais bientôt, nous nous taisons. Loin au bout du ciel, le

soleil tout rose sort de sa cachette. Et il dessine un long chemin de lumière sur la mer. Exprès pour nous, on dirait.

Si seulement grand-papa était là! C'est vrai, il est là. Autrement. Et il le sera tant que je voudrai. Car nous deux, c'est à la vie, à la mort. Ça veut dire que même sa mort ne peut pas nous séparer. En tout cas!

Je ne sais plus si c'est maman ou moi qui dit:

— C'est le plus beau lever de soleil que j'aie jamais vu!

Ni laquelle des deux ajoute:

— Qu'est-ce que tu dirais d'une bonne brioche à la cannelle pour fêter ça?

Tu te demandes sûrement si tout ça m'est vraiment arrivé. Eh bien, c'est vrai que la mort de grand-papa m'a causé une peine immense.

Mais me suis-je véritablement perdue en mer? Ai-je véritablement été avalée par une baleine? Et tout et tout?

Il y aurait un moyen de le savoir. Retourner voir si le lit se trouve encore dans la chambre et si le plancher est inondé.

Veux-tu que je te dise? Pour moi, c'est sans importance. Car je suis sûre d'une chose: tout ça est vraiment arrivé. Dans mon coeur.

Table des matières

Achevé d'imprimer
sur les presses de Litho Acme Inc.